あまんきみこ童話集 1

渡辺洋二・絵

ポプラ社

もくじ

装丁　濱田悦裕

おにたのぼうし

節分《せつぶん》の夜《よる》のことです。

まことくんが、元気《げんき》に豆《まめ》まきをはじめました。

　ぱら　ぱら　ぱら　ぱら

まことくんはいりたての豆《まめ》を、ちからいっぱいなげました。

「ふくはー、うち。おにはー、そと。」

茶《ちゃ》の間《ま》も、客間《きゃくま》も子《こ》どもべやも、台所《だいどころ》も、げんかんも手《て》あらいも、ていねいにまきました。そこで、まことくんは、

「そうだ、ものおきごやにも、まかなくっちゃ。」

と、いいました。

そのものおきごやのてんじょうに、きょ年《ねん》の春《はる》から、小《ちい》さな黒《くろ》おにの子《こ》どもがすんでいました。おにたという名前《なまえ》でした。

おにたは、気《き》のいいおにでした。

きのうもまことくんに、なくしたビー玉《だま》をこっそりひろってきてやり

ました。

このまえは、にわか雨《あめ》のとき、ほしものを、茶《ちゃ》の間《ま》になげこんでおきました。おとうさんのくつを、ぴかぴかにひからせておいたこともあります。

でも、だれも、おにたがしたとは気《き》がつきません。はずかしがりやのおにたは、みえないように、とても用心《ようじん》していたからです。

まめまきの音《おと》をききながら、おにたはおもいました。

(人間《にんげん》っておかしいな。おにはわるいって、きめているんだから。おににも、いろいろあるのにな。人間《にんげん》も、いろいろいるみたいに。)

そして、古《ふる》いむぎわらぼうしをかぶりました。つのかくしのぼうしです。

こうして、かさっとも音《おと》をたてないで、おにたは、ものおきごやをでていきました。

こな雪《ゆき》がふっていました。

どうろもやねも野原《のはら》も、もうまっ白《しろ》です。

おにたのはだしの小《ちい》さな足《あし》が、つめたい雪《ゆき》のなかに、ときどきすぽっとはいります。

（いいうちがないかなあ。）

でも、こんやは、どのうちも、ひいらぎの葉《は》をかざっているので、はいることができません。ひいらぎは、おにの目《め》をさすからです。

小《ちい》さなはしをわたったところに、トタンやねの家《いえ》をみつけました。

おにたのひくい鼻《はな》がうごめきました。

（こりゃあ、豆《まめ》のにおいがしないぞ。しめた。ひいらぎもかざっていない。）

どこからはいろうかと、きょろきょろみまわしていると、いり口《ぐち》のドアがあきました。

おにたは、すばやく、家《いえ》のよこにかくれました。

女《おんな》の子《こ》がでてきました。

その子《こ》は、でこぼこしたせんめんきのなかに、雪《ゆき》をすくっていれました。それから、赤《あか》くなった小《ちい》さな指《ゆび》を、口《くち》にあてて、はーっと白《しろ》い息《いき》をふきかけています。

（いまのうちだ。）

そうおもったおにたは、ドアから、そろりとうちのなかにはいりました。そして、てんじょうのはりの上《うえ》に、ねずみのようにかくれました。

へやのまんなかに、うすいふとんがしいてあります。ねているのは、女《おんな》の子《こ》のおかあさんでした。

女《おんな》の子《こ》は、あたらしい雪《ゆき》でひやしたタオルを、おかあさんのひたいにのせました。すると、おかあさんが、ねつでうるんだ目《め》をうっすらとあけて、いいました。

「おなかがすいたでしょう？」

女《おんな》の子《こ》は、はっとしたようにくちびるをかみました。でも、けんめいに顔《かお》をよこにふりました。そして、

「いいえ、すいてないわ。」

と、こたえました。

「あたし、さっき、食《た》べたの。あのねえ……あのねえ……、おかあさんがねむっているとき。」

と、話《はな》しだしました。

「知《し》らない男《おとこ》の子《こ》が、もってきてくれたの。あったかい赤《あか》ごはんと、うぐいす豆《まめ》よ。きょうは節分《せつぶん》でしょう。だから、ごちそうがあまったって。」

おかあさんは、ほっとしたようにうなずいて、またとろとろねむってしまいました。すると、女《おんな》の子《こ》が、ふーっとながいため息《いき》をつきました。

おにたはなぜか、せなかがむずむずするようで、じっとしていられな

くなりました。それで、こっそりはりをつたって、台所《だいどころ》にいってみました。

(ははあん――。)

台所《だいどころ》は、かんからかんにかわいています。米《こめ》つぶひとつありません。だいこんひときれありません。

(あのちび、なにも食《た》べちゃいないんだ。)

おにたは、もうむちゅうで、台所《だいどころ》のまどのやぶれたところから、さむい外《そと》へとびだしていきました。


それからしばらくして、いり口《ぐち》をとんとんとたたく音《おと》がします。

(いまごろ、だれかしら?)

女《おんな》の子《こ》がでていくと、雪《ゆき》まみれのむぎわらぼうしをふかくかぶった男《おとこ》の子《こ》が立《た》っていました。そして、ふきんをかけたおぼんのようなものをさしだしたのです。

「節分《せつぶん》だから、ごちそうがあまったんだ。」

おにたはいっしょうけんめい、さっき女《おんな》の子《こ》がいったとおりにいいました。

女《おんな》の子《こ》はびっくりして、もじもじしました。

「あたしにくれるの？」

そっとふきんをとると、あたたかそうな赤《あか》ごはんとうぐいす色《いろ》のに豆《まめ》がゆげをたてています。

女《おんな》の子《こ》の顔《かお》が、ぱっと赤《あか》くなりました。

そして、にこっとわらいました。

女《おんな》の子《こ》がはしをもったまま、ふっとなにかかんがえこんでいます。

「どうしたの？」

おにたがしんぱいになってきくと、

「もうみんな、豆《まめ》まきすんだかな、とおもったの。」

と、こたえました。

「あたしも豆《まめ》まき、したいなあ。」

「なんだって？」

おにたはとびあがりました。

「だって、おにがくれば、きっとおかあさんのびょうきがわるくなるわ。」

おにたは手《て》をだらんとさげて、ふるふるっとかなしそうにみぶるいしていいました。

「おにだって、いろいろあるのに。おにだって……。」

こおりがとけたように、きゅうにおにたがいなくなりました。あとには、あのむぎわらぼうしだけが、ぽつんとのこっています。

「へんねえ。」

女《おんな》の子《こ》は立《た》ちあがって、あちこちさがしました。そして、

「このぼうし、わすれたわ。」

それを、ひょいともちあげました。

「まあ、黒《くろ》い豆《まめ》！　まだあったかい……。」

おかあさんが目《め》をさまさないように、女《おんな》の子《こ》はそっと、豆《まめ》をまきました。
「ふくはー、うち。おにはー、そと。」
むぎわらぼうしから黒《くろ》い豆《まめ》をまきながら、女《おんな》の子《こ》は、
（さっきの子《こ》は、きっとかみさまだわ。そうよ、かみさまよ……。）
と、かんがえました。
（だから、おかあさんだって、もうすぐよくなるわ。）
　ぱら　ぱら　ぱら　ぱら
　ぱら　ぱら　ぱら　ぱら
とてもしずかな豆《まめ》まきでした。

きつねみちは天《てん》のみち

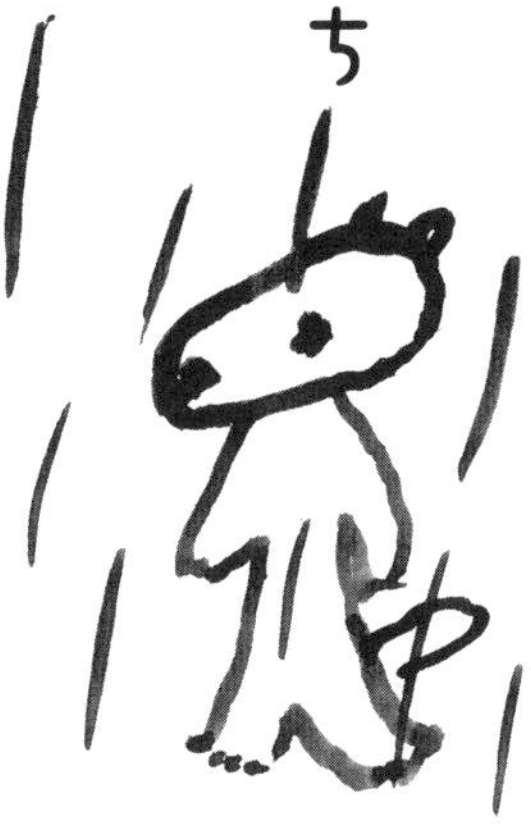

きつねみちは、天《てん》のみち

——ともこは——

ある夏《なつ》の暑《あつ》い日《ひ》、ともこは、けんじくんのうちまであそびにいきました。

けんじくんのうちは、とおいので、めったにいきません。

(だから、びっくりして、よろこぶぞ。)

そうおもうと、あの大《おお》きな目《め》を、ぐりぐりしてわらっているけんじくんの顔《かお》が、みえてくるような気《き》がしました。

「うふふっ。」

ともこはうれしくなって、走《はし》っていきました。

それなのに、けんじくんのうちには、だれもいなかったのです。

（なあんだ。どこにいったのかなあ。）

しんとしずかな門《もん》のまえに、ともこはしばらく立《た》っていましたが、しかたがないので、かえることにしました。

と、そのとき、ふいに、日《ひ》がかげって、あたりがうすぐらくなりました。

そして、きゅうに、雨《あめ》がふりだしました。

「ひゃあ、にわか雨《あめ》。」

ともこは、ひとり、走《はし》ってかえります。

だれも、とおりません。

いぬのこ一ぴき、とおりません。車《くるま》も、じてんしゃも、とおりません。

雨《あめ》だけが、どうろをたたきつけるような、はげしい音《おと》をたてて、ざあざあふっています。

（もうすぐ、あのポストのかどだ。）

ここまでかえれば、うちは、ちかいのです。

ところが、その赤《あか》いポストのよこをまがったとき――、ともこは、びっくりして立《た》ちどまりました。

「あれっ。」

いきなり、雨《あめ》がやみました。

(でも、へんだぞ。)

二メートルほどむこうの車道《しゃどう》のほうは、はげしい雨《あめ》がふっています。そして、まるで、すいぎん色《いろ》の広《ひろ》い長《なが》いまくが、空《そら》からかかっているよう。そして、そのまくのこちらには、しずくひとつ、おちてきません。

きょときょとしてふりむくと、おや、いまでてきたほうも、すいぎん色《いろ》のまく。そしてそのむこうは、やっぱり雨《あめ》がふっているのです。

(へえ。雨《あめ》に、長《なが》いすきまができちゃったんだ。)

ともこは、おもいました。

（雨《あめ》にこんなすきまがあるなんて、きいたことないけどね、よかったな。）

ともこがいそいで赤《あか》いスカートをしぼったり、ぬれたハンカチで顔《かお》をふいたりしていると、雨《あめ》の音《おと》にまじって、とおくからにぎやかなかけ声《ごえ》がきこえてきました。

（町中広場《まちなかひろば》のほうだ。きょう、おまつりだったっけ。）

おおぜいの人《ひと》がかけ声《ごえ》をかけながら、こちらにあるいてくるようです。

だんだん、はっきりきこえてきました。

「きつねみち。」

「どっこい！」

「てんのみち。」

「やんこら！」

「がんばれ。」

「それな。」

「きつねみち。」

「どっこい！」

「てんのみち。」

「やんこら！」

「がんばれ。」

「それな。」

「………」

「………」

とてもおもいものを、はこんでいるみたいです。

(なにかな？)

おや、人《ひと》ではありません。雨《あめ》のすきまのむこうから、たくさんのきつねたちが、かたまってくるのがみえてきました。

（あらま。きつねだわ。）
ともこの目《め》が、まるくなりました。
（ほんとうの、きつねだわ。）
そのきつねたちのまんなかに、青《あお》いぴかぴかのすべり台《だい》がみえていま
す。
（はあん。はこんでるんだ。）
きつねたちは、みんな、すべり台《だい》にむちゅうになっているらしく、と
もこのことなんて、まるで気《き》がつかないようです。

「きつねみち。」

「どっこい！」

「てんのみち。」

「やんこら！」

「がんばれ。」

「それな。」

「きつねみち。」

「どっこい！」

ともこは、できるだけみんなのじゃまにならないように、雨《あめ》のぎりぎりのところまで、さがりました。ちかくでみていると、きつねというものは、あんまりちからがないらしく、二十ぴきもいるでしょうに、足《あし》をくにゃりとさせたり、こしをふらつかせたりして、ぜんたいがよろよろしました。

(だいじょうぶかなあ。)

いまにもたおれそうで、みているほうがはらはらします。だからともこは、なん回《かい》も自分《じぶん》のてのひらをにぎりしめました。

すると、ちょうど目《め》のまえをとおりすぎるとき、すべり台《だい》のあしをもっていた小《ちい》さなこぎつねが、ちらっと、ともこのほうをみました。とたんに、そのこぎつねのまるっこい目《め》が、きりりと三角《さんかく》になりました。

そして、かけ声《ごえ》にあわせて、きいきい声《ごえ》でどなったのです。

「そこのきょうだい。」

「どっこい！」

「ここをもちなよ。」

「やんこら！」

　「がんばれ。」

　「それな。」

「そこのきょうだい。」

「どっこい！」

「さっさと、はたらけ。」

「やんこら！」

「がんばれ。」

「それな。」

ともこはあわててかけよると、そのこぎつねのよこにならんで、すべり台《だい》のあしをもちました。

そして、いっしょにかけ声《ごえ》をかけながら、はこびだしました。

林《はやし》のなかにはいりました。

だんだん雨《あめ》はきりにかわり、やがて、明《あか》るい光《ひかり》が金色《きんいろ》のすじになって、木《き》の葉《は》のあいだからこぼれてきました。

こんどは、広《ひろ》い野原《のはら》にでました。

おや、むこうに水色《みずいろ》の、きれいなたてものがみえています。そうして、そのたてもののまえに、緑色《みどりいろ》のすぎの木《き》が二本《ほん》、門《もん》のように立《た》っていて、

そのかたほうに、

きつねの小学校《しょうがっこう》

と書《か》いた、大《おお》きなふだがさがっていました。

「きたぞ。きたぞ。」

「うわあい、きたぞう。」

その門《もん》から、小《ちい》さなこぎつねたちがうれしそうにさけびながら、とびだしてきました。

それからは、まるでおみこしです！

みんなで元気《げんき》よくかけ声《ごえ》をかけながら門《もん》をはいり、うんどう場《じょう》を一回《かい》まわってとまりました。

「では、みなさあん。ここに、おきましょう。」

そんな声《こえ》が、まえのほうからきこえてきました。

「しずかに、おろして。いっしょに、手《て》をはずしますよ。いいですかあ。いち、にいの、さん！」

あたらしい水色《みずいろ》のすべり台《だい》をおろすと、みんなどっとはくしゅをしました。

「おめでとう、おめでとう。」

「よかったねえ。」

「おめでとう。うれしいなあ。」

ともこも、手《て》をぱちぱちとたたきました。

と、どうしたのでしょう。まわりがふいにしずかになりました。

きつねたちは、だまったまま、きょろきょろ、みまわしています。

(なにかあったのかな。)

ともこもいっしょになってきょろきょろみまわしていると、きつねの目《め》が、だんだんともこのほうにあつまってきました。

あれ？

あれ？

あれ？

へんだぞ。

たくさんの目《め》にみつめられて、ともこは、まっ赤《か》になってしまいました。こまって、うつむいてしまいました。

「きょうは、すべり台《だい》が、やっと買《か》えた日《ひ》なんですよ。」

そんな声《こえ》がしたので顔《かお》をあげると、めがねをかけたきつねの先生《せんせい》が、すぐそばに立《た》っています。

「こんなすばらしい日《ひ》には人間《にんげん》のまねなんかしないで、ほんものの手《て》で、はくしゅをしましょう。」

「そ、そんなこと、できないわ。」

ともこは、びっくりしていいました。

「だって、あたし人間《にんげん》だもん。」

「へえ？」

風《かぜ》がふいたように、きつねのすがたが、ざわっとゆれました。それからいっぺんに、がやがやさわがしくなりました。

「しーっ。しずかに、しずかに。」

きつねの先生《せんせい》は手《て》をふって、みんなをだまらせてから、ともこにききました。

「では、なぜ、ここにきたのですか？」

ともこは、いっしょうけんめいおもいだしながら話《はな》しました。

「さっき、あたし、ずぶぬれで、雨《あめ》のなかを走《はし》ってたの。そしたら、へんてこな雨《あめ》のすきまにでちゃったのよ。」

「は？　雨《あめ》のすきま？」

きつねの先生《せんせい》の目《め》が大《おお》きくなり、じきにほそくなって、にっこりしました。

「ああ、それは、ありがたあい、天《てん》のみちのことですね。」

「そ、その、ありがたあい、天《てん》のみちに立《た》ってたら、みんながきたのよ。そして……えーと、とってもちっちゃい子《こ》が、ここをもちなよ、きょうだいって、いったんだもん。」

「それ、ぼくのこと！」

きいきい声《ごえ》がして、さっきのこぎつねがとくいそうにとびだしてきました。

「先生《せんせい》。ぼく、ちゃあんと、おぼえているよ。」

こぎつねは白《しろ》いひげを、ぴくぴくうごかしながら話《はな》しました。

「この子《こ》ったらね。口《くち》をぽかんとあけて立《た》ってたよ。かさなんて、もってなかったから、ぼく、きょうだいっていったんだい。」

「ほほう。そうしたら、この人《ひと》は、すぐにてつだってくれたんですね。」

先生《せんせい》の声《こえ》が、はずんできました。そして、もういちどききました。

「この人《ひと》は、みんなといっしょに、すべり台《だい》をここまでかついできてくれたんですね。」

「そう、ぼくのよこで。」

こぎつねがこくんとうなずくと、ほかのきつねたちは、いっせいに、はーっとため息《いき》をつきました。

それからともこのほうをむくと、わあっと、うれしそうに手《て》をたたきました。

「あたし、うえもとともこ。町中小学校《まちなかしょうがっこう》の一年生《ねんせい》です。」

ともこはほっとして、ていねいにおじぎをしました。

それからともこは、みんなとあたらしいすべり台《だい》であそびました。

歌《うた》をうたったり、おにごっこをしたり、かくれんぼをしたりしました。

「もうかえったほうがいいですよ。また、きてくださいね。」

やがて、きつねの先生《せんせい》が大《おお》きなうで時計《どけい》をみながらいいました。あわてでみまわすと、みんなのかげが長《なが》くのびています。

「またきてね。」

「きっときてね。」

きつねのせいとたちは、みんなで林《はやし》の外《そと》までおくってくれました。

もう、西《にし》の空《そら》は、うすべに色《いろ》にそまっています。

「きつねみち
　どっこい！
てんのみち
　やんこら！
がんばれ

それな
きつねみち
どっこい！
てんのみち
やんこら！」
ともこはかけ声《ごえ》を
かけながら、
元気《げんき》よく
家《いえ》にかえりました。

おいで、おいでよ
――けんじは――

その日《ひ》、けんじは、あきこちゃんのうちにあそびにでかけていました。

あきこちゃんは、おととい、町中小学校《まちなかしょうがっこう》にはいってきた転校生《てんこうせい》です。

(まるいけばしをわたって、そこからみると、赤《あか》いやねだから、すぐわかるっていってたもんな。うふっ。ぼくがいったらびっくりするぞ。)

そうおもっただけで、あきこちゃんのあのまるい顔《かお》が、あんパンみたいにふくふくわらいだす気《き》がして、けんじは走《はし》っていきました。

それなのに、なかなかみつかりません。

灰色《はいいろ》と、緑色《みどりいろ》のやねばかりつづいています。

(へんだなあ。赤《あか》いやねなんて、どこにもみえやしない。)

けんじがおもわず舌《した》うちをしたとき、すうっと日《ひ》がかげりました。そして、あたりがうすぐらくなってきました。

「あれれ。雨《あめ》かあ。」

雨《あめ》が、きゅうにふりだしてきました。

けんじは、あわてて走《はし》りだしました。

だれもとおらないみちです。犬《いぬ》のこ一ぴき、とおりません。車《くるま》もじてんしゃも、とおりません。

雨《あめ》だけが、地面《じめん》をたたきつけるようなはげしい音《おと》をたてて、ざあざあふっています。

(こんなことなら、テレビをみてたほうが、まだましだったな。)

ずぶぬれのけんじは、走《はし》りながらおもいました。

「ちぇっ。ちぇっ。」

まったく、きょうはついてないことばかりです。

やがて、並木《なみき》みちをまがって坂《さか》みちをかけあがっていくと、ぱたっと雨《あめ》がやみました。とたんに、あたりがまっ白《しろ》になって、なにもみえなくなりました。

(きりかな。)

足《あし》もとも、みえません。てのひらさえみえないのです。

(あぶないな。)

でも、じっと立《た》っているわけにもいきません。だから、けんじは用心《ようじん》しながらあるきました。

すると、じきに小石《こいし》につまずいて、あっと、ころんでしまいました。

(なんだ、これ?)

へんにやわらかいものの上《うえ》にかぶさったまま、けんじは、ちょっとかんがえました。

もしゃもしゃしたものです。

(けがわかな?)

とおもったとき、そのけがわかながが、ぶるっとふるえました。

そして、いきおいよくうごきだしました。

「ひゃっ。」

けんじは、けがわかなにしっかりしがみついたまま、さけびました。

「と、とまれえ。」

ものすごいはやさです。

白《しろ》い風《かぜ》が、耳《みみ》もとでびゅんびゅんうなってすぎていきます。

「とまれ。とまれったらあ。」

七回《かい》八回《かい》、さけんだとき、金色《きんいろ》の光《ひかり》のなかにぱあっととびだしていきました。そのまぶしいことといったら!

「うわあっ……。」

けんじはとうとう、ころげおちてしまいました。

「ごめんね。だいじょうぶ？」

かわいい子《こ》どもの声《こえ》です。

目《め》をあけると、まっ白《しろ》なこひつじが、けんじの顔《かお》をのぞきこむようにみつめていました。

（なあんだ。）

と、けんじはおもいました。

（けがわかかなは……このこひつじだったんだ。）

「ねえ、いたくない？　だいじょうぶ？」

こひつじが、しんぱいそうにききました。

「うん。」

なんだか、ふわふわしたクッションにねているみたいです。どこもいたくなんてありません。

「なんともないよ。ほらね。」

けんじは、おきあがりました。

「ああ、よかった。」

こひつじはうれしそうに、めえと、小《ちい》さな声《こえ》でなきました。

あたりをみまわすと、夏《なつ》というのに雪《ゆき》でもふったよう……。どこまでもどこまでも、白《しろ》い野原《のはら》です。そして、水晶《すいしょう》のこなをまいたように、野《の》原《はら》ぜんたいが、きらきらとまぶしくひかっていました。

「ここ、どこ？」

こんどは、けんじがききました。

「雲《くも》の上《うえ》だよ。」

こひつじがこたえました。

「ふーん。」

とうなずいたけんじは、きゅうにぎょっとしていいました。

「い、いま、き、きみ、なんていった？　く、雲《くも》の、う、上《うえ》って、いわなかった？」

「いったよ。」

こひつじがこたえました。

「だって、ここ、雲《くも》の上《うえ》だもん。」

けんじのからだが、すーっと白《しろ》い雲《くも》のなかにしずみました。そして、ふわりとうきあがりました。

「へえ。ここが、雲《くも》の上《うえ》。へええ。」

そういえば、広《ひろ》くって、まぶしくって、白《しろ》くって白《しろ》くって、あったかくて……。

けんじがおもっていたとおりの雲《くも》の上《うえ》です。

（なるほどなあ。）

かんしんしてみまわしていると、こひつじが、うしろからいいました。

「さっき、びっくりしたよ。きみ、きゅうにしがみつくんだもん。」

けんじは、わらってふりむきました。

「ぼくもびっくりしたよ。きみ、きゅうに走《はし》りだしたから。」

こひつじのまるい目《め》が、いっそうまるくなりました。

「ぼくのほうが、きみよりびっくりしたんだよ。」

「そんなことないよ。」

けんじがいいました。

「ぼくのほうが、きみのばい、びっくりしたよ。」

「ううん。」

こひつじが、くびをよこにふりました。

「ぼくのほうだよ。ぼくは、きみのばいのばい、びっくりしたよ。」

「ぼくは、そのばいのばいさあ。」

けんじがいいました。つぎにふたりは、自分《じぶん》がさきにいうつもりで、あわてて大《おお》きな声《こえ》でさけびました。

「きみのいいうばいだよ！」

それからふたりとも、ぷっとふきだしてしまいました。

こひつじは、青《あお》い空《そら》をみあげていいました。

「ああ、ぼく、ひさしぶりに大《おお》きな声《こえ》でわらったなあ。」

そして、ふうっと、ため息《いき》をつきました。

あたりが、とてもしずかになりました。

「どうかしたの？」

と、けんじはしんぱいになってききました。そして、ちょっとかんがえて、いいたしました。

「きみ、ひどくかなしいことがあったみたいにみえるよ。」

こひつじは、つぶやくようにいいました。

「ぼく、ほんとうの雲《くも》ひつじじゃないんだよ。ほんとうは、絵《え》のひつじなの。」

すずしい風《かぜ》が、ふいてきました。

すると、野原《のはら》ぜんたいが、たんぽぽの白《しろ》いわた毛《げ》になったように、きらきらひかりながらゆれうごきました。

「ぼく、ずうっとまえ、小《ちい》さな町《まち》のやねうらでうまれたんだよ。エムさんっていう、わかいびんぼうなえかきさんが、ぼくをかいてくれたからね。」

こひつじは、とぎれとぎれに話《はな》しだしました。

「あのころ、よくわらったなあ……。ぼくたち、じつにたのしくくらしてたんだよ。

エムさんはまどをあけて、よくいったよ。

『やねうらって、すてきだろ。空《そら》に、とってもちかいからさ。
ほら。あそこに、きみのなかまがいっぱいとおってく。雲《くも》ひつじって
いうのさ……』って。
ある暑《あつ》い夏《なつ》の日《ひ》、エムさんがでかけたときだった。ぼく、ひとりで、
空《そら》をみてたの、いつもみたいにね。
そのときも、雲《くも》ひつじがまどのむこうをいっぱいとおっていたんだ。
ぼく、おもわず大《おお》きな声《こえ》でよんだの。
『おーい。』
すると、どうだい。空《そら》から、
『おーい。』
って声《こえ》が、もどってきたんだ。
ぼく……、うれしくなって、また、いったの。
『みんなと、あそびたいなあー。』

すると、空《そら》から、

『おいで、おいでよ、ひとっとびい。』

って声《こえ》がかえってきたんだ。うれしかったなあ。ぼく、むちゅうで、ひとっとびしちゃったの。

それからっていうもの……、雲《くも》の上《うえ》がめずらしくって、おもしろくって、ぼく、長《なが》いこと、エムさんのことをわすれてしまってた。

そして、ぼくが、かえったら……。」

「きみが、かえったら？」

「エムさんは、いなくなっていたんだよ。」

そういってこひつじは、水晶《すいしょう》のようななみだを、ぽろりとながしました。

「むかしのことさ……。きみのおかあさんが、まだうまれてなかったかもしれないよ。この国《くに》に、戦争《せんそう》があって、たくさんの人《ひと》がいっぺんに死《し》んでいったときのことだから……。」

風《かぜ》がふき、白《しろ》い雲《くも》が、またたんぽぽのわた毛《げ》になってゆれうごきました。

「あれから、この町《まち》の上《うえ》をとおるとき、ぼく、エムさんとくらした家《いえ》のまえのさかみちにおりてみるんだよ。……やねうらがあったあの家《いえ》も、もう、とっくにないけどね。」

そのとき、白《しろ》い雲《くも》ひつじのむれがみえてきました。

百《ひゃく》も、二百《ひゃく》も、三百《びゃく》もいるでしょうか。

走《はし》ったり、とまったり、あるいたり、また、走《はし》ったりして、むこうをよこぎっていきます。

たのしそうな歌声《うたごえ》や、わらい声《ごえ》が、けんじたちのところまでひびいてきます。

「からだがかるくなったような気《き》がするよ。いままで、むねのあたりが、とてもおもたかったの。」

と、こひつじはいいました。それからまた、こうもいいました。

「きっと、きみにきいてもらったから、ぼくのむね、かるくなったんだね……。ありがと。」

「あ、ありがとなんて……。そんな。」

けんじは、どぎまぎして、くびをふりました。

「ぼ、ぼく、なんにもしやしないのに。」

こひつじは、すこしのあいだ、だまっていました。それから空《そら》をみあげて、めえぇ、めえぇ、めえぇ、と三回《かい》なきました。


すると、うしろのほうから口笛《くちぶえ》がきこえてきました。

そして、その口笛《くちぶえ》はぐんぐんちかづいてきます。

おや、白《しろ》いベレーぼうをかぶった男《おとこ》の人《ひと》が、うれしそうにあるいてきました。
「や、やっぱり、むかえにきてくれた！
エムさんだ。」
こひつじは、はねあがりました。
「エムさん、エムさん。」
といいながら、走《はし》りだしました。でも、
すぐに立《た》ちどまって、けんじのほうをふ
りむくと、
「さよなら。」
と、いいました。
「ぼく、もう、わすれないよ。きみのこ
と。」
それから、こひつじはくるりとむきを

かえエムさんにむかってとぶように走《はし》りだしました。

「あ、あ、あ……。」

そこらじゅうがにじんだように、ぼおっとうすくなっていきます。ゆらゆらゆらゆら、ゆれだしました……。

気《き》がつくと――けんじは、ひとり、みちばたにしゃがんでいました。

そこは、さかみちのいちばん上《うえ》のまがりかどでした。

西《にし》の空《そら》が、もう、うすべに色《いろ》にそまっています。

ふりかえると、まだ、青《あお》い東《ひがし》の空《そら》に、エムさんとこひつじのすがたが、白《しろ》くうかんできえました。

けんじは、やっとそのとき声《こえ》がでました。

「さようならあ。ぼくもわすれないよう……よう……よう……。」

ざんざの雨《あめ》は、天《てん》の雨《あめ》
——あきこは——

その日《ひ》、あきこは、おかあさんにるすばんをたのまれてしまいました。

「ともこちゃんって子《こ》のうちに、あそびにいこうとおもってたのに。青《あお》山《やま》だんちにいる子《こ》なの。」

あきこが、ちょっと口《くち》をとがらせると、おかあさんがいいました。

「じゃあ、ともこちゃんに電話《でんわ》をしたら？　そして、うちにあそびにきてもらったら？」

おかあさんは、どうしてもでかけなければならない用事《ようじ》があるし、そのあいだに、おばあさんがうちにくるかもしれないというのです。それではしかたがありません。あきこは、るすばんをすることにしました。

あきこは、おかあさんがでかけてから、すぐ、ともこちゃんのうちに電話《でんわ》をしました。

（あそびにいくって、いってくれるかな。）

えくぼのひっこむともこちゃんの、あのわらい顔《がお》がみえるような気《き》がします。ところが、がっかり。

しんごうはなっているのに、だれも電話《でんわ》にでてきません。

あきこは、ねんのためかけなおしました。

でも、だめ。やっぱり、ともこちゃんのうちはだれもいないみたいです。いないはずですね。だってともこちゃんは、けんちゃんのうちにでかけていたのですから。

「あああ。」

ため息《いき》をついて、あきこが受話器《じゅわき》をおろしたとき、げんかんのろうかがすうっとくらくなりました。
そして、雨《あめ》のふる音《おと》が、ざあっときこえだしました。
（おかあさん、どうしてるかな。）
そんなことをしんぱいしながら、茶《ちゃ》の間《ま》にはいると、
「あらら。」
まどから、雨《あめ》がどんどんふりこんでいます。
あきこは家《いえ》のなかを走《はし》りまわって、まどというまどをぜんぶしめました。

なんだか、ぽつんとしたかんじです。
（ひっこしで、テレビはこわれてしまったしね。）
あきこは、みまわしました。
どのへやも、まだひっこしのにもつがすこしずつ、のこっています。

うすぐらくなったへやで、はげしい雨《あめ》の音《おと》をきいているうち、あきこは、だんだんさびしくなってきました。小《ちい》さなときなら、うえーんと、泣《な》きだしたかもしれません。

でも、あきこは、もう一年生《ねんせい》。いいことをおもいつきました。

「ハーモニカを、ふこう!」

このまえから、「ゆかいなかくれんぼ」が、だいぶふけるようになったところですから。

そこであきこは、つくえのひきだしからハーモニカをだしてきて、まるいすにすわりました。

ぴい　ぴい　ぴるる　ぴるる　ぴっ

どうもまんなかのあたりが、うまくいきません。あきこは、そこをなん回《かい》もふきなおしました。そして、またはじめからふきだしました。

ぴい　ぴい　ぴるる　ぴるる　ぴるるる……るる……

一曲《きょく》ふきおわって、ほっとしたとき、あたりがとてもしずかになっていました。

(雨《あめ》がやんだのかな。)

ふりむくと、まどに小《ちい》さなまるいへんなものがふたつ、ひかっています。

(目《め》？　目《め》だま？)

ぞっとして、あきこは、いすからころげおちそうになりました。

「あっ、あぶない。」

そんな声《こえ》がきこえました。やさしい女《おんな》の人《ひと》の声《こえ》です。

「うしろに、木《き》のはこがありますよ。」

あきこは、やっといすにすわりなおしました。そして、すこしふるえながら、その目《め》にききました。

「い、いま、あぶないっていった？」

「ええ。」

小《ちい》さな目《め》が、くるんとまわりました。

「だ、だれ？」

あきこは、立《た》ちあがりました。すこしずつ、まどのほうにいきました。

「ぼらです。」

「えっ？」

「ぼらって、さかなです。」

「さ、さかな？　あ、あの、およぐさかな？」

「そうです。およいでいます。」

ぼらは、ゆっくりよこをむいて、へらのようなひれをぴらぴら、ゆすってみせました。

「？……」

あきこは自分《じぶん》の目《め》を、ぎゅっぎゅっとこすりました。そして、ききま

した。

「ここ、海《うみ》のなかだっけ？」

「ちがいます。」

ぼらは、こたえました。

「ただ、海《うみ》からのみちがとおっているだけです。」

「海《うみ》からのみち？」

「はあ。にわか雨《あめ》がふって、だれもとおらないときできる、天《てん》のみちなのです。」

「へえぇ、にわか雨《あめ》のとき、いつもできるの？」

あきこがききました。

「いいえ。みちしおがかさならないと、だめです。きょうは、みちしおでしたからね。」

ぼらはこたえながら、まっすぐへやのほうをむきました。

(まんまえからみると、さかなって、へんな顔《かお》してるわね。)

あきこは、もうすこしでわらいそうになりました。

「じつは、おねがいがあります。」

あきこがまどのそばまでいくと、ぼらがいいました。

「そのたのしい曲《きょく》を、海《うみ》の子《こ》どもたちにきかせてほしいんです。」

「あたし、まだ、やっとふけるようになっただけよ。へたよ。」

「いいえ、とってもすてきです。」

それからぼらは、ちょっとだまっていましたが、また話《はな》しだしました。

「きょう、海《うみ》のなかまたちとオルガンを買《か》いにでてきました。でも買《か》えませんでした。きょ年《ねん》より、ずいぶんねだんがあがっていまして、おかねがたりなかったので……。はあ。」

「………」

「そして、いまかえるところですが、くびをながくしてまっている、海《うみ》の子《こ》どもたちが、どんなにかがっかりするとおもうと。」

ぼらの声《こえ》は、だんだんかすれてきました。

「かわいそうで、かわいそうで……。」

「ふーん。」

「どうかあの子《こ》たちに……ハーモニカをきかせてやってください。そうすればきっと、子《こ》どもたちもオルガンのことをわすれて、よろこぶとおもいます。」

「でも、あたし。」

あきこは、こまったようにいいました。

「おるすばんしてるから、この家《いえ》からでられないのよ。」

「いま立《た》っておられるところで、ふいていただければ、いいんですから。」

ぼらは、きっぱりいいました。

「けっしてごめいわくかけません。」

「それで、いいなら、いいわよ。」

あきこは、わらってうなずきました。ぼらは、うれしそうにいいました。

「まず、まどは、ぜんぶしまっていましょうか？」

「だいじょうぶよ。さっきしめたから。」

あきこが、こたえました。

「では、どうかすわってください。」

あきこは、すわりました。

「つぎに、柱《はしら》にしっかりつかまっててください。」

あきこは、柱《はしら》につかまりました。

するど、家《いえ》ぜんたいが、ゆらりとゆれました。

そして、へんな歌声《うたごえ》がきこえだしました。

「それ　おせ

や！
それ　ひけ
や！
ざんざのあめは
てんのあめ
それ　おせ
や！
それ　ひけ
や！
ざんざのあめの
うみのみち
それ　おせ
や！

それ　ひけ

や！

……　」

まあ、どうです。さかなたちが、オルガンのかわりに、家《いえ》ごと、あきこをはこんでいました！

あきこは、あきれてしまいました。

（いくら水《みず》のなかだって、たいへんよ。そうだ。あたしも外《そと》にでて、てつだおう。）

あきこは、いそいで立《た》ちあがりました。

でも、とてもあるけません。

足《あし》もとが、地震《じしん》みたいにゆれています。

「それ　おせ

や！
それ　ひけ
や！
ざんざのあめは
てんのあめ」
おや、歌《うた》がやみました。
そうして家《いえ》ぜんたい、
とぶようにうごき
だしました。
（いきおいがついたのね。
ああ、よかった。）
こんどは、走《はし》っている電車《でんしゃ》の

なかのようにあるけました。

あきこは、いそいでまどのところにいきました。

「きれいだなあ。」

海《うみ》のなかのけしきが、どんどんうしろにながれていきます。

黒《くろ》いこんぶが、のびたりちぢんだり、のびたりちぢんだり……、水色《みずいろ》の光《ひかり》のなかでゆれていました。

「ふーん。花《はな》ばたけかとおもったら。」

いそぎんちゃくや、うみさぼてんです。

「あれが、さんごなのね。」

赤《あか》いえだがいくつもかさなって、火《ひ》をともしているようにひかっています。

やがて、ぴたりと家《いえ》がとまりました。

「うわあ。いっぱいいるわねえ。」

さかな、さかな、さかな。大《おお》きいの、小《ちい》さいの、青《あお》いのや、赤《あか》いのや、緑色《みどりいろ》や……たくさんの、さかなです。

白《しろ》い貝《かい》や、小《ちい》さなかにもいます。それから、えびや、くらげや、いかや、たこもいます。

みんな、あきこのほうをむいて、しーんとしずまっています。

あきこは顔《かお》を赤《あか》くして、ていねいにおじぎをしました。それから、ハーモニカをしずかに口《くち》にあてました。

ぴい　ぴい　ぴるる　ぴるる　ぴるるる……

いっしょうけんめいです。

むずかしかったまんなかも、ちゃんとふけました。

ぴるる　ぴるる　ぴい　ぴい……

空《そら》の光《ひかり》でしょうか。金色《きんいろ》のこなが上《うえ》のほうからきらきらと、ふりこぼれてきました。

よびりんがなりだしました。

げんかんです。

あきこは、ハーモニカを口《くち》からはずすと、さかなたちにあわてていいました。

「だ、だれかきたみたいですから、ちょっとまっててください。」

走《はし》ってげんかんにいくと、おやまあ、おかあさんとおばあさんがならんで、わらいながら立《た》っていました。

「おそくなって、ごめんなさいね。どしゃぶりの雨《あめ》で、うごけなくなったのよ。」

と、おかあさんがいいました。

「わたしも、うごけなくなってね。」

と、おばあさんが、いいました。

「そこのまがりかどで、ばったりあったのよ。」

おかあさんがいいました。

「これ、おみやげのアイスクリームよ。」

でも、いまのあきこは、それどころじゃありません。

「あとでね、あとでね。」

といいながら、いそいで自分《じぶん》のへやにもどりました。

「あらら。」

まどのむこうにみえるのは、こい緑《みどり》のポプラの木《き》。

うすべに色《いろ》の西《にし》の空《そら》をうしろにして、さわさわとゆれています。

(ゆめかな?)

きょときょとみまわしたあきこは、じきに、あっといいました。つくえの上《うえ》に、まっ白《しろ》な貝《かい》がらがひとつ。

まだ、海《うみ》のかおりがのこっています。

(そうかあ。おかあさんたちがかえってきたので、ぼらさん、もとにもどしてくれたのね。おとなをあんまりびっくりさせてはいけないもの。)

あきこは、つくえのひきだしをあけて貝《かい》がらをしまいながら、ふふっとわらいました。けっしてごめいわくをかけませんと、きっぱりいった、ぼらの顔《かお》をおもいだしたからです。

そして、

「それ　おせ

　　や！

それ　ひけ

　　や！

ざんざのあめは

　　てんのあめ」

といいながら、お茶《ちゃ》の間《ま》に走《はし》っていきました。

あした、あした、あした

夜《よる》になりました。

ともこのうちの柱時計《はしらどけい》が、ぼーん、ぼーん、ぼーん……と、九時《じ》をうちはじめました。

そのとき、けんじのうちのおき時計《どけい》も、びぼん、びぼん、びぼん……と、九時《じ》をいっしょにうっていました。

あきこのうちのはと時計《どけい》は、すこしおくれていますので、五分《ふん》ぐらいしてから、ぽっぽ、ぽっぽ、ぽっぽ……と、のんきな音《おと》でなりだしました。

そして、そのころ、ともこも、けんじも、あきこも、ちょうど、ふとんにもぐったところでした。

ともこはふとんのなかで、きつねたちのよたよたしたかっこうや、きりりとにらんだあのこぎつねの顔《かお》や、それから、どぎまぎしておじぎをしたときのことをおもいだしていました。そして、おもいました。

(あした、あのことを、けんちゃんに話《はな》さなくっちゃ。

だって、けんちゃんのうちにいったかえりのことだから。)

ちょうどそのころ、けんじはふとんのなかで、こひつじのすきとおったなみだや、雲《くも》の原《はら》のまぶしいけしきや、なんにもいえなかった自分《じぶん》の気《き》もちなどをおもいだしていました。そして、おもいました。

(あした、あのこと、あきこちゃんに話《はな》そう。

だって、あきこちゃんのうちにいったかえりのことだから。)

そしてまた、あきこもふとんのなかで、ぼらさんの顔《かお》や、海《うみ》のふしぎなけしきや、ハーモニカをふけたときのことなどを、おもいだしていました。そして、あきこもおもいました。
(あした、あのこと、ともこちゃんに話《はな》してあげよう。だって、ともこちゃんのうちに、電話《でんわ》をかけたあとのことだから。)

ふしぎな一日《にち》がおわろうとしています。
みんなぐっすりとおやすみなさい。
あしたが、たのしみですね。

おや、今夜《こんや》はまん月《げつ》なんだ。
小《ちい》さな町《まち》は、こい水色《みずいろ》にそまってきました。

七《なな》つのぽけっと

青《あお》いビー玉《だま》

「こっちだよな。」

たけしくんが、野原《のはら》でさがしものをしている。

「えーと、このへんだっけ。」

暑《あつ》いま夏《なつ》。せなかには、まだランドセルをせおったまま。

「やっぱり、ここらかなあ。こっちのほうにころがったのに。」

たいせつな青《あお》いビー玉《だま》。だいすきなよしこちゃんにもらった、あのたからもの。

あんなにしっかりにぎっていたのに、ころんだとき、たけしくんのてのひらからとびだしてしまった。

ちっ。ころんだとき、うったひざはいたいし、のどはかわいてからからだし、たけしくんの口《くち》は、すっかりへの字《じ》。

(そうだ、水《みず》をのんでから、もう一回《かい》こよう。)

そうおもいなおして背《せ》をのばしたとき、草《くさ》のあいだに、おや、みょうなものがみえた。

緑色《みどりいろ》のちっこいもの。

「へえ、かっぱ。」

たけしくんはひろいあげた。

ゴムでできているゴムかっぱ。

そいつときたら、たけしくんの中指《なかゆび》ぐらいの大《おお》きさしかない。

「なあんだ。おまえも元気《げんき》のない顔《かお》だな。」

さがり目《め》が、しょぼん。なんだか泣《な》きつかれたみたいな顔《かお》。

古《ふる》くってよごれているし、頭《あたま》の上《うえ》の白《しろ》いさらは土《つち》がついて、からからの茶色《ちゃいろ》。

「よしよし。」

すぐそばをながれている小《ちい》さい川《かわ》をみながら、たけしくんはつぶやいた。

「かっぱって、頭《あたま》のさらがかわいいちゃ、どうにもなんないんだよな。」

川《かわ》のふちにいって、しゃがんで、かっぱをながれにつけてやった。

「ここの水《みず》、すこし、よごれているけどさ、まあ、がまんしなよ。」

そういいながら、かっぱをあらってやった。

すると、てのひらがくすぐったくなったんだ。

あららら。

てのひらをひろげると、きれいになったかっぱが、ぱちぱちっと、まばたきをした。

かとおもったら、むきをかえて、とぽん。川《かわ》のなかに、とびこんでしまったんだ。

「へんだねえ。たしかに、ゴムかっぱだったのに。」

目《め》を大《おお》きくして川《かわ》の底《そこ》をのぞいてみたけど、

「なあんにもみえないや。」

と、そのとき、きゅうに日《ひ》ざしが、すうっとくらくかげって、ざあっと、にわか雨《あめ》がふりだした。

ひゃあ、ひどい雨《あめ》。すごい雨《あめ》。

たけしくんは、びっくりしてかけだした。

やがて、たけしくん、ぽたぽたしずくをおとしながら、アパートの二かいにあがっていった。

しずくをおとしながら二かいのつきあたり、二〇一ごうしつのかぎを、自分《じぶん》であけた。

おかあさんが会社《かいしゃ》にいってはたらいているから、たけしくんはいつもそうしている。

へやにはいると、足《あし》あとをつけながら、台所《だいどころ》にいって水《みず》をのんだ。

それから、ランドセルをほうりだすと、かわいたタオルをひっぱりおろして顔《かお》を、ごしごしふいた。そのタオルでついでに、うでも服《ふく》も足《あし》もぺたぺたふいた。

すると、へんにしずかになった。

そして、ざあざあいう音《おと》が、波《なみ》でもひくように、すうっときこえなくなった。

「雨《あめ》が、やんだのかな。」

ふりむいたとたん、たけしくんは息《いき》をのんだ。

まどの外《そと》に、なにかいる。

緑色《みどりいろ》でちっこいもの。うごくもの。……そいつが、たけしくんのほうをむいて、小《ちい》さな手《て》をふっている。水《みず》かきのついた手《て》。

(かっぱ！　さっきのやつだ！　はあん。まどをあけてくれっていってるんだ。)

たけしくん、あわててまどをあけてやった。

すると、かっぱったら、ひょいとまどぎわに立《た》って、ぺこっとおじぎをしたのさ。

「さっきはありがとよ。」

それからてれたみたいに赤《あか》くなって、くふっとわらった。

「いままでの人《ひと》、だあれもおれに水《みず》をかけてくれなかったんだよ。ほんと。

……ああ、やっと、うちにかえれるよ。

おっかさんがよろこぶよ。

それから、あのガラス玉《だま》……、青《あお》くひかっているやつ、あおぎりの下《した》にころがってってったよ。もうすこし、さきだ。おれ、ちゃあんと、この目《め》でみてたんだから。」

といって、そのかっぱ、ビーズぐらいの目《め》を、くるっとまわした。

「じゃあな。それだけ。」

それから、ひょいとむきをかえ、およぎだした。まるで緑色《みどりいろ》のこがめみたいなかっこうで。

みるみる、緑《みどり》の点《てん》になってむこうにきえると……、あたりがまぶしく明《あか》るくなった。

いっぺんに、晴《は》れてきたんだ。

「……………」

たけしくん、目《め》を三どもこすった。

そのとき、すきとおった風《かぜ》がざあっとふいて、かえでの緑《みどり》がきらきらとひかってゆれた。

たけしくんが走《はし》っていく。

「あのかっぱったら、赤《あか》くなったりして。うふふ。ちっこかったなあ。」

わらい、わらい、走《はし》っていく。

え？

どこにいくのかって？

もちろん、さっきの野原《のはら》までさ。

だいすきなよしこちゃんにもらったあの青《あお》いビー玉《だま》のある場所《ばしょ》がわかったからね。

みっこちゃんの話《はなし》

きのうのばんのことです。

みっこは、よなかに目《め》がさめました。

すうっと風《かぜ》がふいたようなかんじで。

明《あか》るくってね、まどから、月《つき》の光《ひかり》がさしこんでいました。

カーテン、しめわすれたのかな。

あれっ、カーテンがゆれている。まどがあいてるんだ。

みっこは、すこしふらふらしながら、おきあがりました。そして、まどをしめようと、手《て》をまっすぐのばしたとたん、目《め》を大《おお》きくしました。

赤《あか》いみじかいズボンをはいた、白《しろ》い小《ちい》さいものが、にわをとことこ走《はし》っていくのです。走《はし》って、うら木戸《きど》からでていったのです。

ノン?

まさか!

ぬいぐるみの犬《いぬ》のノンだなんて! ノンが月夜《つきよ》のにわを走《はし》っていったなんて!

みっこは、目《め》をこすりました。

あわてて、ふとんのほうをふりかえると……、いない、いない、そのノンが、いないいんですよ。

たしか、ゆうべ、よこにねかせておいたのに。

そのとき外《そと》から、おおぜいの子《こ》どもの歌声《うたごえ》がきこえてきました。

「お月《つき》さん　お月《つき》さん

もっと　明《あか》るく
おかあさんの　はりが
　　　　みえるよう
おかあさんの　糸《いと》が
　　　　みえるよう
お月《つき》さん　お月《つき》さん
もっと　まぶしく
おかあさんの　へらが
　　　　みえるよう
おかあさんの　はさみが
　　　　みえるよう」

パジャマのまま、みっこは、にわにとびだして

いきました。木戸《きど》からのぞくと、まあ、どうでしょう。

いろんなかたちの人形《にんぎょう》が、うたいながらあるいていくのです。

大《おお》きいの、小《ちい》さいの、長《なが》いの、みじかいの、女《おんな》の子《こ》、ぞう、きりん、うさぎ、ぶた、ひょう……、もっともっともっと……。

「お月《つき》さん　お月《つき》さん
もっと　明《あか》るく
おかあさんの　はりが
みえるよう」

みっこは、自分《じぶん》もひきこまれたように、人形《にんぎょう》のなかにはいりました。

はいって、いっしょにうたいながらあるきだしました。

「お月《つき》さん　お月《つき》さん
もっと　まぶしく
おかあさんの　へらが
みえるよう」

（あれ。ここは、人形《にんぎょう》つくりのユキおばさんちだ。）
そうです。ユキおばさんのうちのにわに、人形《にんぎょう》たちはうたいながら、どんどんどんどんはいっていくのです。

ただいまあ
ただいまあ
ただいまあ

しごとべやの大《おお》きなまどはすっかりひらかれ、あかりをけしたへやのえんがわで、ユキおばさんは、せっせとはたらいていました。

もどってきた人形《にんぎょう》たちのおしゃべりをききながら、そのやぶれをぬい、ほころびをなおし、とれた手《て》や足《あし》は、あたらしくぬいつけ……。そのいそがしそうなこと！

（あ、ノンだ。）

みっこがすこしまえにでると、おばさんに話《はな》しているノンの声《こえ》がきこえてきました。

「ぼくのみっこちゃんったらね、ねぞうがわるいでしょ。きょうもね、ぼく、たたみに、おちてたの。でもさあ、みっこちゃんって、ほころび

や、やぶれは、すぐなおしてくれるんだ。だからほら、なおすとこ、ぼく、ないよ。色《いろ》は、黒《くろ》くなったけど。」

「そうなの、そうなの。よかったわね。そんなみっこちゃんが、こんやきて、てつだってくれたらなあ。」

ユキおばさんの、そのことばがきこえたとき、みっこはうれしくて、おもわずとびあがりました。そして、

「きてますよう、てつだうよう。」

っていいながら、とびだしていきました。

ね。きょうは、日《にち》よう日《び》なんだもの。

みっことノンがひるまでおねぼうしたのは、こういうわけなんですよ。

なみだおに

「よっこちゃんがぶつかったあ。」

けんちゃんが泣《な》きだした。

すごい声《こえ》だ。

「うえい、うえい、うえい。」

あれれ、ぶつかったのは、でんぐりがえしをしたけんちゃんのほうじゃなかったかな。よっこちゃんだって、いたいのに。

あそびにきていた、よっこちゃんとともちゃんは、あきれてかえっていった。なにしろ、けんちゃんときたら、泣《な》きだしたら、いつだってとまらないサイレン泣きだから。

みんなかえっては、つまらない。
泣《な》くのだって、つまらない。
でも、へんだぞ。にぎやかになったぞ。
けんちゃんが顔《かお》をおさえている指《ゆび》をすこしひろげて、指《ゆび》のあいだから、
よくよくみると、
「ひゃあ!」
小《ちい》さい小《ちい》さいちびおにが、たたみの上《うえ》でなみだのつぶをひろって、
せっせと食《た》べていた。

一…二…三…四…五…六…七…八…九。

九ひきもいる。
九ひきのまるっこいころころしたちびおにが、けんちゃんのなみだを、

まるで、ビスケットでも食《た》べているみたいに、もぐもぐもぐ。あめをなめているみたいに、ぺちゃぺちゃぺちゃ。

そのかっこうったら……。

けんちゃん、くすくすわらいだしてしまった。

「あれっ、もう泣《な》きやんでる。」

ちびおにたちは、びっくりした顔《かお》でみあげた。

「しまった、みつかったか。」

きょろきょろしながらにげかけて、それでも、立《た》ちどまってふりむくと、お礼《れい》なんか、いったのさ。

「いつも、なみだをいっぱいありがとよ。おれたち、なみだを食《た》べてくらしている、なみだおになんだ。」

「へえ、きみたちのこと、知《し》らなかったなあ。」

けんちゃんがそういったとき、なみだおにには、もうみえなくなっていた。

どこかに、かくれたんだねえ。

そのとき、よっこちゃんと、ともちゃんが、そっともどってきた。

やっぱり、けんちゃんのことしんぱいになったんだ。……そんなことって、あるだろ?

「あ、泣《な》きやんでるよ。」

よっこちゃんと、ともちゃんは、ふしぎそうにけんちゃんにきいた。

「もう、いたくないの?」

けんちゃんもきいた。

「うん、よっこちゃんは?」

それから三人《にん》は、顔《かお》をみあわせて、くくっとわらった。

「あそぼ。」

「うん、うん、あそぼう。」

それからは、それまでより、もっとたのしかったって。

さて、十日《とおか》すぎたばんだ。

けんちゃんは、名前《なまえ》をよばれて、目《め》をさました。目《め》をこすりながらおきあがると、まくらもとがぼおっと明《あか》るくって、そこになみだおにがいた。

一、二、三、四、五、六、七、八、九。

ちゃんと、九ひきいた。

でも、どれもひょろひょろ、もやしのようにやせたなみだおになんだ。

「さようなら、もう、山《やま》にかえるよ。おなかが、ぺこぺこだから。」

「そういえば、ぼく、泣《な》かなくなったなあ。」

けんちゃんは、きのどくになって、いった。

「だって、泣《な》きそうになると、みんなのかっこう、
おもいだすんだよ。そしたら、
どうしてもわらえてくるのさ。」
「あ、そうかあ。
いけねえ。」
なみだおにったら、
はずかしそうに
わらってきえたってさ。

ばっかななみだおに。
いまごろ、どうしているかなあ。

秋《あき》のちょう

ある晴《は》れた秋《あき》の朝《あさ》。

白《しろ》いちょうが一ぴきとんでいました。そのはねは、もううすよごれ、
あちこちやぶれていました。

「あら、まだ生《い》きてたの。」

赤《あか》い花《はな》がみあげて、ふしぎそうにいいました。

「それでも、ダンスをする気《き》なの。」

青《あお》い花《はな》が、わらいながらいいました。

「きたないはね。ちかよらないでちょうだい。」

白《しろ》い花《はな》が、よそよそしく身《み》をふるわせてみせました。

ちょうは、つかれていました。

でも、とばなければならない。この花《はな》ぞのには、やすませてくれる花《はな》がないのですから。

（もう、あたしだけなんだわ。だれも、いなくなったんだわ。）

ちょうは、死《し》んだなかまのことをかんがえます。

（ああ、あのときは、みんないっしょだったけど……。）

あのとき……、ちょうは、さぶちゃんとよばれていた男《おとこ》の子《こ》のかごにとじこめられていたのです。でも……。

（なにかのはずみでひらいたドアから、つぎつぎににげだしたとき、うれしかったなあ。くやしそうにおっかけてきた、さぶちゃんのひとみに、青《あお》い空《そら》がうつっていたっけ。）

と、ちょうはおもいだします。

「ちょうちょさん。」

だれかがよびました。

「こちらで、やすみませんか。」

はっとみおろすと、いつのまにか花《はな》ぞのはとおりすぎ、原《はら》っぱの上《うえ》。

そして、その原《はら》っぱのおおばこの葉《は》の上《うえ》に、きりぎりすがバイオリンをもってすわっていました。

「こんにちは、きりぎりすさん。」

「なんだか、つかれましたねえ。」

と、きりぎりすはいいました。

「ええ、もうだめなんです。」

「だめ？　そんな気《き》のよわいことをいってはいけませんよ。」

「ええ、気《き》がよわくてもつよくても、もう、あたしは、とぶ元気《げんき》がないんです。」

「わたしも、うたう元気《げんき》がなくなりました。このバイオリンをみてください。」

きりぎりすは、色《いろ》のすっかりあせたバイオリンをちょっともちあげるようにして、それでも、いかにもたいせつなもののようにかかえました。

「いくらいっしょうけんめいひいても、もう、かすれた音色《ねいろ》しかでないのです。」

「おたがいさまですね。」

ちょうときりぎりすは、青《あお》いすみきった空《そら》をながめました。

秋《あき》の、風《かぜ》の子《こ》がとんできました。

「まあ、きたない。」

それでも、ちょうもきりぎりすもだまっていました。風《かぜ》の子《こ》は、うつくしいよこ顔《がお》をみせてとんでいきました。

「ほんとに、きたないですね。」

と、きりぎりすは、せつなそうにいい、ちょうは、なみだをぽつんとこぼしました。

「もう、とぶことはできません。」

「とばなくてもいいですよ。もっと、およりなさい。」

と、きりぎりすはいいました。

そのとき、ありが二ひき、そばをとおりました。にいさんありは、おとうとありにいいました。

「ごらん。あのあわれなかっこう！」

おとうとありは、声《こえ》をあげてわらいました。

「はたらかないで、おどったりうたったりしていると、あんなみじめなことになるんだよ。」

「ここで、あいつらが、死《し》ぬのをまっていようか。おいしい食《た》べものが、いっぺんにふたつもとれるもん。」

「いや、みんなで、はこばなくっちゃ。さあ、いそいでよびにいこう。ほかの村《むら》のやつにみつかったら、たいへんだ。」

ありたちは、いそいそとかえっていきました。

「こわいわ、あたし。」

と、ちょうがいいました。

「ここからすこしでもとおくににげましょう。ありたちに食《た》べられるなんて、いや。」

ちょうは泣《な》きだしました。

「死《し》んだあとのことは、しかたがないですよ。」

と、きりぎりすがなぐさめました。

「死《し》んでひからびたミイラになって、冬《ふゆ》の風《かぜ》にかさかさとばされるより、あのありたちに食《た》べられたほうが、きっと、かみさまもよろこんでくださるでしょう。」

「なぜ、かみさまが、およろこびになるの？」

「だって、わたしたちは、ありさんたちのやくにたつじゃありませんか。」

「あの、まっ黒《くろ》なありの？　あのいじわるな目《め》で、わたしたちのことをわらったありの？　わたしたちをいかにも、おいしそうにしたなめずりをしていたありの？　あんなありのやくになぞ、たちたくないわ。」

「でも、よのなかって、そういうものかもしれませんよ。」

と、きりぎりすは、ため息《いき》をつきながらいいました。


「おや、ちょうちょがいるよ。」

かわいいはずんだ男《おとこ》の子《こ》の声《こえ》がしました。そして、しのびよってくる足音《あしおと》がしました。

「とってはだめよ。秋《あき》のちょうは、元気《げんき》がないわ。」

おねえさんらしい声《こえ》が、とおくでよびとめました。けれど、足音《あしおと》は、そっとちかづいてきます。

ちょうと、きりぎりすは、からだをよせあって、目《め》をとじました。

ちょうは、もう死《し》ぬんだなとおもいました。なんとなく、ねむいような かんじでした。

「おや、死《し》んでいるよ。」

男《おとこ》の子《こ》の声《こえ》が、高《たか》い空《そら》からふってくるようにきこえます。もうひとつの足音《あしおと》がちかづいて、

「まあ、きりぎりすも死《し》んでいるわ。」

という声《こえ》も、とおくでゆらゆらきこえました。

ちょうは、さいごのちからをふりしぼって、はばたいてみました。すると、からだのちからが、草《くさ》の葉《は》にみんなとけていくのが自分《じぶん》でも、よくわかりました。

「そうだわ。うちのにわに、おはかをつくってやりましょう。」

おねえさんがいいました。

そしてまっ白《しろ》なハンカチをひろげて、
そっと、ちょうと、きりぎりすをいれました。

「ねえ。ぼくがもってくよ、ね。」

男《おとこ》の子《こ》が、よこからいいました。

ある晴《は》れた秋《あき》の朝《あさ》の、
小《ちい》さな小《ちい》さなできごとでした。

コンのしっぽはせかいいち

「あれっ。コンのしっぽ、どうしたの？」

やっこは、ぬいぐるみのきつねのコンをだいて、ききました。

「おんなじ色《いろ》のしっぽだったでしょう？　どうして、こんなにちがう色《いろ》のしっぽになったの？」

おばあさんは、うふっとわらいましたが、ちょっと赤《あか》くなりました。

このコンは、おばあさんがとてもだいじにしているぬいぐるみなのです。

日《ひ》だまりのぬくぬくしたえんがわ。

やっこはおとなりのおばあさんがすきで、こうしてときどき、うら木《き》戸《ど》から、あそびにきました。あそびにくるたびに、コンをだかせてもらいました。

「きのうのことなのよ、やっこちゃん。」

おばあさんは、まぶしそうな顔《かお》をして、コンをみ、やっこをみ、あみものの手《て》をとめました。そして、話《はな》しはじめたのです。

「きのう、おばあちゃんはね、町中《まちなか》いちばんまで、いってきました。いつものように、コンにおるすばんをたのんでね。ところが……。」

うちにかえると、コンがしょんぼりとした顔《かお》で、でてきたのです。

「どうしたの、コン。そんな顔《かお》をして。」

おばあさんがききました。

すると、コンは、ふかいため息《いき》をついて、そろりそろり、せなかをむけました。

まあ、ないんですよ！　コンのしっぽが、ねもとっから……。

「おとしたんです。どっかで。」

おばあさんは、ふきだしそうになったので、あわてて、口《くち》をおさえました。

だって、しょげているコンがかわいそうでしょう。

「台所《だいどころ》にもないし、ぼくたちのへやにもないし。」

コンは、うしろをむいたまま、ぶつくさぶつくさ、つぶやきました。

「テーブルの上《うえ》にも、下《した》にもないし、おふろ場《ば》にもないし、おべんじょにもないし、えんがわにもないし、ふくろ戸《と》だなにもなかったし……、やっぱり、ナナイロ林《ばやし》のなかかなあ。」

「あら、ナナイロ林《ばやし》にでかけたの？」

おばあさんがききました。

「うん、ちょっとね。あっ。」

コンは、くびをすっこめました。そのときになって、おるすばんをたのまれていたことをおもいだしたんですね。

おばあさんたちは、こうしてナナイロ林《ばやし》にでかけました。

「しっぽ、やーい。」

「しっぽ、やーい。」

コンは、大《おお》きな声《こえ》でよびました。

よびながら、おばあさんのさきに立《た》って、林《はやし》のなかを、立《た》ちどまったり、走《はし》ったり、また、あるいたり、走《はし》ったりしました。でも、なかなかみつかりません。

そのうち、くたびれてきて、

「しっぽ、やーい。」

「しっぽ、やーい。」

「しっぽ、やーい。」

という、コンの声《こえ》は、だんだん小《ちい》さくなり、しまいに、

「しっぽ、や。」

「しっぽ、や。」

から、

「しっぽ、しゅっぽ……、
ふっ、ふう。」

といって、すわりこんでしまいました。

「ああん。お水《みず》がのみたいなあ。」

(やれやれ。これだから、つれてくると、ややこしい。)

おばあさんは、コンをだきあげました。そして、しかたなくいいました。

「じゃあ、かえって、お水《みず》をのんでから、さがしにこようかね。」

さて、そのかえりみちのことです。コンをだいたおばあさんは、小《ちい》さな鳥《とり》のすのまえで立《た》ちどまりました。

（ほおじろのひなだよ。かわいいもんだねえ。）

ひなどりが三わ、くうくうねむっているのです。

金色《きんいろ》のやわらかそうなふとんの上《うえ》で……。

五月《がつ》の光《ひかり》は、青《あお》いレースのかげのよう。ねむれねむれというように、しずかにゆれています。

と、コンがぶるっとみぶるいしました。そして、目《め》をまるくして、そのすを指《ゆび》さしました。

（ひゃあ。）

おばあさんは息《いき》をのみました。どうです、そのひなどりのふとんこそ、さがしにさがしていたコンのしっぽだったのです。

「…………」

おばあさんとコンは、だまったまま、しっぽふとんをながめ、だまったまま、ひなのね顔《がお》をながめ、だまったまま、ため息《いき》をつきました。

「どうしよう。」

コンが、つらそうにいいました。

「うん、どうしようね。」

おばあさんもつらくなりました。それから、いろいろかんがえて、コンの三角《さんかく》の耳《みみ》に、口《くち》をつけていいました。

「コンの金色《きんいろ》のきれ、まだ、のこってたわ。ね、だから、べつのしっぽ、あたらしくつくってあげようか。」

「え、できるの？」

コンは、とてもうたがっている顔《かお》をしました。

「できるったら。だいじょうぶよ。」

おばあさんは、ぽんと、むねをたたいてみせました。

さて、うちにかえったおばあさんは、きれのはいったふくろと、わたのはいったふくろを、えんがわにだしてきました。

そして、うたいながらつくりはじめました。

「だいじょうぶったら
だいじょうぶ　ほ
コンの　しっぽは
いいしっぽ」

金色《きんいろ》のふわふわのきれを、はさみでじょきじょききりました。茶色《ちゃいろ》の糸《いと》をとおしたはりでちくちくぬって、わたをつめました。

「いやあ、へんだよう。」

そばでみていたコンが、とがった口《くち》を、もっととがらせました。

「それ、長《なが》くって、かわうそのしっぽだよう。」

「そう？　そうかしら？　そういえば、そうねえ。」

やりなおし、やりなおし。

「だいじょうぶったら
　だいじょうぶ　ほ
　コンの　しっぽは
　　金色《きんいろ》だ」

おばあさんは、また、金色《きんいろ》のきれを、はさみでじょきじょききりだしました。ちくちくぬって、わたをつめました。

「いやあ、ひどいやあ。」

また、コンが口《くち》をとがらせて、いいました。

「それ、ひょろひょろのロバのしっぽだよう。」

「そうかなあ。ふうん。そういえば、

そうねえ。」
やりなおし、やりなおし。
「だいじょうぶったら
だいじょうぶ　ほ
コンの　しっぽは
せかいいち」
おばあさんは、また、きれをひろげて、はさみでじょきじょき。はりでちくちくちく。でも、これもきつねがたじゃないな。
やりなおし、やりなおし。
またまた、きれをひろげて、はさみでじょきじょき、はりでちくちくちく。
だんだんしずかになったとおもったら、おやおや、コンったら、ふねでもこぐように、こくりこくり頭《あたま》をふっています。

でも、おばあさんは、まだつくってはやりなおし、つくってはやりなおし……、いっしょうけんめい。


やがて、やっと、おばあさんがいいました。

「コン、できたわよ、できたわよ。」

「できた？」

顔《かお》をあげたコンは、うしろにとびのいてききました。

「これ、これがぼくのしっぽ？」

「ええ、そうよ。」

「これ、かたちはよくっても、たぬき色《いろ》だけど。」

「あ、色《いろ》のこと。あのねえ、コン。」

おばあさんの声《こえ》がしょんぼりしてきました。

「きつね色《いろ》のしっぽ、みんな、しくじってしまったの。やっぱり、だい

じょうぶじゃなかったわね。」

コンがみまわすと、まあ、どうでしょう、おばあさんのひざのまわりには、モモンガ、かば、らくだ、いぬ、ねこ、くま、りす……と、できそこないのしっぽでいっぱいになっています。

「ひゃあ、これ、みいんな、ぼくにつくったの？」

コンは、それから、ふうんといって、やがて、そろりそろりとせなかをむけました。

「おばあちゃん、ぼく、いいよ。たぬき色《いろ》で。」

こうして、あたらしいしっぽをつけてもらったコンは、くすっとわらっていいました。

「ぼくの、おしり、あったかい。おもたいよ。へんだねえ。いっぱい、しっぽをつけているかんじ。それ、いいかんじのことだよ。」

（まあ、コン、そんなこといってくれるなんて。）

おばあさんは、すまなくて、うれしくて、コンをおもわずぎゅっとだきしめてしまいました。

「これで、お、し、ま、い。コンのしっぽの色《いろ》がかわったわけは。」

おばあさんは、そういって、てれたように、こほんと、せきばらいをして立《た》ちあがりました。

「さあ、おいしい、こうちゃでもいれようか。やっこちゃんのすきなクッキーが、すこしあるからね。」

おばあさんがおゆをわかしたり、カップをならべる音《おと》が、台所《だいどころ》のほうから、しずかにきこえてきます。やっこはコンをだきながら、いつのまにかうたいだしていました。

「だいじょうぶったら

だいじょうぶ　ほ
コンの　しっぽは
いい　しっぽ

だいじょうぶったら
だいじょうぶ　ほ
コンの　しっぽは
金色《きんいろ》だ

だいじょうぶったら
だいじょうぶ　ほ
コンの　しっぽは
せかいいいち」

ぽんぽん山《やま》の月《つき》

ぽんぽん山《やま》という山《やま》がありました。

その山《やま》の上《うえ》で、四ひきのこうさぎのきょうだいが、とおくをみていま
す。

「おかあちゃん、おそいなあ。」

「うん、おそいねえ。」

「このみちから、かえってくるっていったのになあ。」

「おいしいもの、もってくるっていったのにねえ。」

こうさぎたちは、山《やま》のふもとの町《まち》にでかけたおかあさんを、まってい
ました。

大《おお》きな月《つき》がのぼってきました。

「あれえ。」

と、いちばん小《ちい》さいこうさぎが、月《つき》を指《ゆび》さしました。

「あんなとこに、おかあちゃんが。」

こうさぎたちは、月《つき》をみあげて、びっくりしました。

「ほんとだあ。おかあちゃんだあ。」

「あんなとこで、なにしてるんだろ。」

「おもちついてるのかな。おだんごつくってるのかな。」

このこうさぎたちのようすを、木《き》のかげから、みているものがいました。

ぽんぽん山《やま》のおくにくらしている、はずかしがりやのやまんばです。

ふもとの町《まち》までだんごを買《か》いにいったかえりみち、こうさぎたちの話《はな》し声《ごえ》に、立《た》ちどまってしまったのでした。

(ひょっとしたら。)

と、やまんばは、ため息《いき》をつきました。

一ぴきのうさぎが、りょうしにうたれたのを、やまんばは、みてきたのでした。

（あのかわいそうなうさぎが、このこたちのおかあちゃんじゃないかねえ。）

こうさぎたちは、月《つき》にむかってよびはじめました。

「おかあちゃん、おりといでよ。」

「おかあちゃん、おりてきてよう。」

「おなかすいたよう。」

「ぼくたち、おなかがすいたんだよう。」

やまんばは、むねにしっかりかかえていただんごのつつみを、草《くさ》の上《うえ》にそっとおきました。

そして、むちゅうでにげだしました。

このやまんばのようすを、木《き》の上《うえ》からみているものがいました。

秋風《あきかぜ》の子《こ》です。

風《かぜ》の子《こ》は、はずかしがりやのやまんばが、だんごやの店《みせ》の前《まえ》を十回《かい》もいったりきたりしていたのをみていました。

「だんご、八《やっ》つくださいな。」

と、いった声《こえ》が、小《ちい》さくかすれたのをきいていました。

やっとつつみをもらったときの、やまんばのうれしそうだったこと。

風《かぜ》の子《こ》は、自分《じぶん》もうれしくなって、ここまでついてきてしまったのです。

(それなのに……。)

風《かぜ》の子《こ》は、ほっとため息《いき》をつくと、
ひゅーん

やまんばのあとをおっかけました。

（おや。）

やまんばは、立《た》ちどまりました。

（この声《こえ》は？）

耳《みみ》に手《て》をあてました。

風《かぜ》の子《こ》の風《かぜ》にのって、子《こ》どもの話《はな》し声《ごえ》がきこえてきました。

「ああ、おいしい。」

「元気《げんき》がでたねえ。」

「おかあちゃんが、月《つき》からおろしたんだ。」

「そうか、おかあちゃんは、ちゃあんとぼくたちをみてるんだねえ。」

（あのこたちだよ。）

やまんばは、よかったよかった、というように、二《ふた》つうなずきました。

そして、かえりだしました。

この風《かぜ》の子《こ》とやまんばと、そして、こうさぎたちのようすをぜんぶみているものがいました。

それは、秋《あき》の空《そら》にのぼっていく十五夜《じゅうごや》の月《つき》でした。

気《き》を　つけて　おかえり
みんな　ぐっすりと　ねて
いい　ゆめを　ごらん

まんまるい月《つき》は、
ぽんぽん山《やま》をいよいよ
明《あか》るく、いよいよ青《あお》く
そめはじめました。

金《きん》のことり

小《ちい》さい北風《きたかぜ》の子《こ》が、ひのみやぐらのてっぺんでやすんでいます。りょうひざを、りょう手《て》でだくようなかっこうで、夕日《ゆうひ》をながめていました。

ながいたびのとちゅうでした。

うまれてはじめての、たびでした。

町《まち》は、もも色《いろ》——、いえいえのやねも、ガラスまども、林《はやし》も、街路樹《がいろじゅ》も、草原《くさはら》も、みな、うすもも色《いろ》にそまっています。

(とおくまできたなあ。)

風《かぜ》の子《こ》は、ため息《いき》をほっとつきました。

風《かぜ》のくにを出発《しゅっぱつ》するとき、おかあさんがいいました。

「北風《きたかぜ》は、南風《みなみかぜ》のように、人間《にんげん》やどうぶつによろこばれないんだよ。でも北風《きたかぜ》もりっぱな風《かぜ》だからね。そのことをわすれてはいけないよ。わかったかい。」

「わかったよ。」

と、風《かぜ》の子《こ》は、元気《げんき》にいいました。

けれど、おかあさんのことばのほんとうのいみがわかったのは、たびにでてからでした。

北風《きたかぜ》の子《こ》がとんでいくと、人間《にんげん》たちは、いそいでまどや戸《と》をしめました。どうぶつたちは、しんぱいそうに空《そら》をみあげ、あわててすにもどりました。

また、黄色《きいろ》や赤《あか》に色《いろ》のかわった木《き》ぎはみぶるいをして、

「どうか、ちかよらないで。」

と、たのみました。

北風《きたかぜ》の子《こ》は、しだいに元気《げんき》がなくなりました。たびのつかれが二ばいにも、三ばいにもなるような気《き》がしました。

「ああ、ぼく、南風《みなみかぜ》になりたかったなあ。東風《ひがしかぜ》でもいいな。西風《にしかぜ》だって

いいや。」

風《かぜ》の子《こ》は、ぱちぱちとまばたきをしながら夕日《ゆうひ》をみていましたが、やがてことんとねむってしまいました。

目《め》がさめました。まるい月《つき》がいつのまにか、空高《そらたか》くあがっていました。

町《まち》は水色《みずいろ》――、いえいえのやねも、あかりのきえたガラスまども、林《はやし》も、街路樹《がいろじゅ》も、草原《くさはら》も、みな水色《みずいろ》にそまっています。

(ずいぶんねむってしまったなあ。)

北風《きたかぜ》の子《こ》がそうおもったとき、かすかなよび声《ごえ》が、とおくからきこえたような気《き》がしました。

「ぼくがよばれるはずないな。」

風《かぜ》の子《こ》は、ぽつんとつぶやきました。

けれど、よび声《ごえ》はしだいに大《おお》きくなって、

「北風《きたかぜ》さーん、北風《きたかぜ》さーん。」

たしかに、そうきこえだしました。

「だれかが、よんでる！」

マントがきらりとひかりました。

風《かぜ》の子《こ》は、むちゅうでよび声《ごえ》にむかって、とびはじめました。

「だれかが、ぼくをよんでる。ほら、ほら。」

やねをこえ、林《はやし》をこえ、川《かわ》をこえると、小《ちい》さい野原《のはら》がありました。

その野原《のはら》のまんなかに、ぽつんといちょうの木《き》が立《た》っていました。

いちょうの葉《は》がすこし明《あか》るくひかってみえます。

（あの木《き》だな。）

「北風《きたかぜ》さーん。」

「北風《きたかぜ》さーん。」

「北風《きたかぜ》さーん。」

風《かぜ》の子《こ》は、高《たか》いえだにつかまっていいました。

「ぼくだよ。ぼく、北風《きたかぜ》の子《こ》だよ。」

「ああ、よくきてくれたね。」

いちょうの木《き》は、ほっとしたようにいいました。

「たのみたいことがあるんだよ。」

「どんなこと？　ぼくにできること？」

「できるとも。このわたしの葉《は》っぱを、ぜんぶおとすことだから。」

風《かぜ》の子《こ》はびっくりして、いいました。

「ぜんぶだって？　そんなあ！　まだまだ葉《は》っぱをちらしてしまうときじゃないよう。」

「それがねえ。」

いちょうの木《き》がそういったとき、

「ニューニューニュー。」

という声《こえ》が、すぐちかくからきこえました。

風《かぜ》の子《こ》がみまわすと、青《あお》くそまった野原《のはら》のはしで、小《ちい》さい黒《くろ》いものが、もぞもぞうごいています。

「ニューニューニュー。」

「あのこねこ、夕《ゆう》がたにすてられてしまってねえ。」

と、いちょうの木《き》が話《はな》しだしました。

「このままでは死《し》んじまうよ。おなかもすいているんだ。こんやはまた、ひえこんできたものねえ。」

自分《じぶん》もこごえそうに、いちょうの木《き》はふるえました。

「だから、わたしの葉《は》っぱを、こねこの上《うえ》にかけてほしいのさ。わたしの葉《は》っぱは、おてんとさんの光《ひかり》をいっぱいためているから、あったかいんだよ。」

「でも。」

と、風《かぜ》の子《こ》がいいかけたとき、こねこがまた、なきだしました。

「ニューニューニュー。」

「さあ、いそいで。さあ　はやく。こねこがむこうの川《かわ》にでもおちたらたいへんだ。あしたの朝《あさ》までねむったら、あのこも元気《げんき》がでるはずだよ。」

風《かぜ》の子《こ》は、ちょっとのあいだだまっていましたが、やがて、かすれた声《こえ》でいいました。

「わかったよ。わかったよう。」

北風《きたかぜ》の子《こ》はいちょうの葉《は》を、そっとふきおとしはじめました。

まっ黒《くろ》こねこは、黄色《きいろ》い葉《は》がいきなりふってきだしたので、ニャゴニャゴとさわぎたてました。

けれど、その葉《は》っぱのあたたかさがじきにつたわってきたのでしょう。しだいにしずかになりました。

「さあ、もっともっと、もっともっと。」

と、いちょうの木《き》は、ためらっている風《かぜ》の子《こ》を、はげますようにいいました。

「さむくないかい？」

北風《きたかぜ》の子《こ》はしんぱいで、二十二回《かい》もたずねました。

「さむくないよ。」

と、いちょうの木《き》は、二十二回《かい》こたえました。

そして、葉《は》が一まいもなくなったとき、いいました。

「ああ、いい。これで、いいよ。わたしは春《はる》まで、ねむらなくてはならない。じゃあ、おやすみ。ほんとうに、ありがとうよ。」


やがて、夜《よ》があけました。

「もう、ぼく、でかけないと。」

風《かぜ》の子《こ》は、いちょうの葉《は》の小《ちい》さい山《やま》をながめながら、つぶやきました。

「あのこねこ、しずかだけれど、だいじょうぶかなあ。このまま、おい

ていっていいのかなあ。」

そのとき、むこうから話《はな》し声《ごえ》がきこえてきました。

みると、赤《あか》いオーバーをきた女《おんな》の子《こ》と、かみのけの白《しろ》いおばあさんがやってきます。

「ほんとなのよ。おばあちゃん、こねこの声《こえ》だったのよ。」

「そうかい。わたしには、さっぱりきこえなかったよ。このごろ、耳《みみ》がとおくなったからねえ。」

ふたりは、きょろきょろみまわしながら、野原《のはら》にはいってきました。

(はあん。さがしにきたんだ。)

北風《きたかぜ》の子《こ》は、いちょうの葉《は》の山《やま》のところに、いそいでいきました。

そして、上《うえ》の葉《は》をそおっとはらってやりました。

三角《さんかく》の葉《は》っぱがぱらぱらとうごき、それで目《め》がさめたのでしょう。なかから、

「ニューニュー。」

と、小《ちい》さい声《こえ》がきこえました。

おばあさんと女《おんな》の子《こ》が、はっとふりむきました。

「あっ。」

「まあ。」

黄色《きいろ》い葉《は》っぱの山《やま》から、まっ黒《くろ》こねこが顔《かお》だけだしました。

そして、

「ニュー。」

と、高《たか》い声《こえ》でなくと、大《おお》きなあくびなんかしました。

おばあさんは、口《くち》をおさえてわらいました。

女《おんな》の子《こ》もわらいながらかけよりました。そして、ひざまずいて、こねこをだきあげました。

「まっ黒《くろ》ちゃんったら、こんなかにもぐりこんでいたの？」

すると、こねこがまた、

「ニュー。」

と、なきました。

女《おんな》の子《こ》はこねこをだいて、おばあさんのほうにいきながらいいました。

「おばあちゃん、ふしぎよ。あの黄色《きいろ》の葉《は》っぱ、こたつのふとんみたいにあったかいんだもの。」

野原《のはら》をみまわしていたおばあさんが、はだかの木《き》をみつけていいました。

「きっと、あのいちょうの葉《は》っぱだよ。あったかいって？　ふしぎだねえ。それに、ぜんぶちってしまっているよ。」

「ニュー。」

まっ黒《くろ》こねこが、また、高《たか》くなきました。

（よかった、よかった。）

と、風《かぜ》の子《こ》はおもいました。

（これで、あのこねこはだいじょうぶ。）

風《かぜ》の子《こ》は、そこでいちょうの葉《は》っぱのまんなかにひらりと立《た》つと、いきなりくるくるくるとまわりだしました。

「まあ、つむじ風《かぜ》。」

おばあさんと女《おんな》の子《こ》は、目《め》をまるくしました。

三角《さんかく》の葉《は》っぱがほそいつつになって、朝《あさ》の空《そら》にみるみるかけあがっていきます。

「ああ、ことり！　金《きん》のことり！」

女《おんな》の子《こ》の高《たか》くさけぶ声《こえ》を、風《かぜ》の子《こ》はききました。

ぴゅーん　ぴゅーん

おかあさんのえ顔《がお》がふっとうかびました。

北風《きたかぜ》の子《こ》は、金《きん》のことりたちといっしょに、南《みなみ》にむかって元気《げんき》よくとびはじめました。

あとがき

「いま、N《エヌ》子《こ》ちゃんは、どうしているかな」

「いま、A《エー》くん、なにしてるかな」

「いま、S《エス》ちゃん、なにをしてるだろ」

そんなことを、わたしは、子《こ》どものとき、よく思《おも》いました。

一人《ひとり》っ子で、身体《からだ》がよわく、うちの中《なか》の時間《じかん》が長《なが》かったからでしょうか。

幼稚園《ようちえん》や小学校《しょうがっこう》をやすむと、時計《とけい》を見《み》て、

「いま、○○の時間《じかん》ね」

と、あれこれ思《おも》い描《えが》き、そのうち透《す》きとおって軽《かる》くなり、心《こころ》だけになって、教室《きょうしつ》の天井《てんじょう》までとんでいきました。そして授業《じゅぎょう》をしている先生《せんせい》や友達《ともだち》に、聞《き》こえない挨拶《あいさつ》をし、わたしの机《つくえ》や椅子《いす》に、天井《てんじょう》から、そっと手《て》をふったりしました。

「早《はや》く元気《げんき》になって、そこにすわるからね」

そのときの可笑《おか》しく楽《たの》しい思《おも》い出《で》が、『きつねみちは天《てん》のみち』の「いま」「いま」「いま」のかたちになった気《き》がします。

そういえば、この一冊《さつ》の作品《さくひん》はどれも、わたしが幼《おさな》いときの「いま」が種子《しゅし》になっているようです。

寒《さむ》い節分《せつぶん》の晩《ばん》、福《ふく》の神《かみ》にまもられて眠《ねむ》るとき、豆《まめ》で追《お》いだされた鬼《おに》は、どこにいったのか、鬼《おに》の「いま」を思《おも》いめぐらせたことが、『おにたのぼうし』の根《ね》もとにはありました。『七つのぽけっと』の一つ一つ、『ぽんぽん山《やま》の月《つき》』や『金《きん》のことり』も、それぞれの「いま」がよみがえってきます。

どきどきした「いま」、はらはらした「いま」、わくわくした「いま」、しーんとした「いま」は、決《けっ》して溶《と》けたり消《き》えたりすることなく、小《ちい》さな小《ちい》さな粒《つぶ》になって、幼《おさな》い心《こころ》の底《そこ》に深《ふか》く沈《しず》んでいたのでしょう。

長《なが》い時《とき》を経《へ》て、その粒《つぶ》から緑《みどり》の芽《め》がで、葉《は》がでている——そんな不思議《ふしぎ》なよろこびを両手《りょうて》にもらっています。

二〇〇八年二月

あまんきみこ

作・あまんきみこ

1931年、旧満州に生まれる。デビュー作『車のいろは空のいろ』で日本児童文学者協会新人賞と野間児童文芸推奨作品賞、『こがねの舟』（以上ポプラ社）で旺文社児童文学賞、『ちいちゃんのかげおくり』（あかね書房）で小学館文学賞、『おっこちゃんとタンタンうさぎ』（福音館書店）で野間児童文芸賞、「車のいろは空のいろ」シリーズ（全3巻）で赤い鳥文学賞特別賞、『きつねのかみさま』（以上ポプラ社）で日本絵本賞など多くの賞を受賞。あたたかい童話の世界は世代を越えて読者の心をとらえ読み継がれている。

絵・渡辺洋二

1943年、東京に生まれる。武蔵野美術大学造形学部卒業。ユーモアとペーソスを感じさせるのびやかな絵は幅広く読者に愛されている。『ぽんぽん山の月』（文研出版）『やい、トカゲ』でそれぞれ絵本にっぽん賞、『アルマジロのしっぽ』で赤い鳥さし絵賞を受賞。その他の作品に『はらぺこおなべ』（以上あかね書房）『うさぎのモコ』（新日本出版社）『ゆきだるまのマール』『いきてるよ』（以上ポプラ社）『あしたもよかった』（小峰書店）『ひらがなむしぶんぶん』（理論社）など多数ある。

掲載作品一覧

『おにたのぼうし』　ポプラ社　1969年
『きつねみちは天のみち』　大日本図書　1973年
『七つのぽけっと』　理論社　1976年
『ぽんぽん山の月』　文研出版　1985年
『きんのことり』　PHP研究所　1982年

※本書収録にあたり再推敲し、一部作品は加筆・改稿しました。（著者）

あまんきみこ童話集 1

2008年3月　第1刷発行　　2023年3月　第11刷

作　あまんきみこ
絵　渡辺洋二
発行者　千葉 均
編集　松永 緑
発行所　株式会社ポプラ社
〒102-8519　東京都千代田区麹町4-2-6　8・9F
www.poplar.co.jp（ポプラ社）

印刷所　瞬報社写真印刷株式会社
製本所　株式会社ブックアート

N.D.C.913／146p／21cm　ISBN 978-4-591-10118-6

P4048001

なつかしい風景がひろがる、ふくよかな童話の世界……

あまんきみこ童話集（全5巻）

あまんきみこ童話集 1
渡辺洋二・絵
小さなおにの子や風の子に出会える気がする、身近なファンタジー。
【収録作】「おにたのぼうし」、「きつねみちは、天のみち」「おいで、おいでよ」「ざんざの雨は、天の雨」「あした、あした、あした」（『きつねみちは天のみち』より）、「青いビー玉」「みっこちゃんの話」「なみだおに」「秋のちょう」「コンのしっぽはせかいいち」（『七つのぽけっと』より）、「ぽんぽん山の月」、「金のことり」

あまんきみこ童話集 2
武田美穂・絵
心やさしいタクシーの運転手、松井さんのふしぎな出会いの物語。
【収録作】「白いぼうし」「山ねこ、おことわり」「くましんし」「春のお客さん」「やさしいてんき雨」「ぼうしねこはほんとねこ」「星のタクシー」「雪がふったら、ねこの市」（「車のいろは空のいろ」シリーズより）、「ふうたの雪まつり」

あまんきみこ童話集 3
荒井良二・絵
えっちゃんとこねこのミュウの心はずむ童話たち。
【収録作】「スキップ、スキップ」「春の夜のお客さん」「ミュウのいえ」「はやすぎる、はやすぎる」「シャムねこ先生、お元気?」「名前をみてちょうだい」「ふしぎなじょうろで水、かけろ」「元気、わくわく」（『ミュウのいるいえ』より）、「よもぎ野原のたんじょう会」、「風船ばたけは、さあらさら」（『えっちゃんの森』より）、「ひみつのひきだしあけた?」

あまんきみこ童話集 4
かわかみたかこ・絵
子どもたちにとって、ぬいぐるみも子ぎつねも本当の友だちです!
【収録作】「はじめのはなし」「ふしぎなじどうしゃ」「赤いくつをはいた子」「あかちゃんのくに」「すずかけ公園の雪まつり」「おわりのはなし」（『おっこちゃんとタンタンうさぎ』より）、「きつねのかみさま」、「おまけのじかん」

あまんきみこ童話集 5
遠藤てるよ・絵
命の尊さ、戦争のおろかしさ、悲しみが切々と伝わってくる童話集。

【収録作】「くもんこの話」（『こがねの舟』より）、「ままごとのすきな女の子」、「ちいちゃんのかげおくり」、「おかあさんの目」「天の町やなぎ通り」「おしゃべりくらげ」「おはじきの木」（『おかあさんの目』より）、「ふしぎな森」「かくれんぼ」（『だあれもいない?』より）